目次

LIFE

Laundry

ゆっくりと洗濯物を干していると
空に浮かんでいるような心持ちになる
とても天気の良いときは
そのまま風に吹かれてみるのがいい

電車の音が聞こえたりすると
たくさんの服がそれぞれに　急いで
旅へ　出かけていくように見える
また一つ　一つ　ハンガーにかけて

つり下げていくと
雲の動きが早くなり

太陽が放り投げられてしまい
夜空と星と月とが一気にやって来て

暗闇のなかをたった一枚
泳いでいる真っ白いTシャツがある
ああ
いつの間にか

それは僕だ

Park

秋が深まっていくと
ふと　誰もが
心の底が
見えなくなってしまうから
だから
誰もいない公園のブランコが
風に
揺られているのかもしれない

自動販売機のまえで
あれこれ迷って

これじゃあなくて
やっぱり
違うものにしよう

別の孤独を
選ぶことにした
冷たい

オレンジジュースを

Oh someone

雨が
乱暴に
心に入りこんできて
あらゆるものに降っていって
びしょ濡れのままで

どうしようもないのだけれど
それを静かに
受けとめるしかない
そのまま
空を見あげるしかなくて

どうして
生きていることが
こんなに
さびしいのか
答えを知りたくて

降りしきるなかを
傘をさして
そのただなかへ
進んでいく力が
欲しいのです

ああ
そして
誰か

同じく
傘のないあなたに
さしてあげてください

肩口を濡らしながら
ほっとした顔で
語りはじめるでしょう

さっきまでの
雨がどんなに
冷たかったか

今の雨は
どんなに
やわらかいか

Tomorrow

ある日　雲　そして雲が流れて
終わりのない　対話のように
湧きつづけている　白い泉のように
途切れない　子どもたちの歌のように

あの日　雲を　雲が誘うようにして
陽ざしに　揺れている花の涙のように
木陰に眠る鳥の　小さな息のように
やわらかな　草の影のように

昨日　雲が　雲と競いあって
はしゃぎだす坂の下の子どもたちと

空に吸われていく寂しい口笛と
野原を抜けていく二つだけの車両と

明日　雲と雲は　ささやき合って
柱の時計が少しだけ遅れていて
春雨のスウプが湯気を立てていて
峠の家の台所に明かりが点いて

Curtain

カーテンを閉め切ったまま　暮らしているわたしがある
とじこもっていて　少しも　外へ出ようとはしない
誘っても　迷惑な顔をするばかりなのだ
たまには　風に当たってみてはどうなのか

無理に　それを開こうとする　わたしがある
とにかく　外光をきちんと入れたいのだ
世界の　美しい色の具合に触れることで
ここに生きていることを　しっかりと確かめなくては

わたしは　本当に　わたしが疎ましい
出来れば消えて欲しいと願っている

思い切り　これらをオープンにした時に
暗いわたしは　どこかへ逃げていったはず

陽当たりのよい一日だった　ずっとわたしは一人だった
どこにも彼は　見当たらなかったが　月と星が出てきて
夕方に　静かにクローズする　裏切られた　このわたしは
膝を抱えて座っている　そもそも　カーテンは閉め切った
ままである

Awakening

新聞配達をする人
のバイクの影
エンジン、ブレーキの音
鳥の鳴き声
風の音
雲の無言

陽が射してくる予感

本日の

夜明け前は

こんなふうに構成されています

わたしは
コーヒーを前に
語り合って
いたのだ

黒い
陽だまりと

Childhood

ボールが
投げられて

それを
打ち返して

みんなで
その球が
青空に吸われるのを
見送って

誰もいなくなった気がして

幼い夏の体験

たくさんの
人々のなかの
誰かになって

やがて
そのまま

空へと
消えていく

そのまえに
僕として
生きること

Cloud

少年
川の底へ
落とし物をして
それを拾わずに

何を失ったか
忘れてしまったまま
また夏が来て
青年

大人

また七月が来て

中年
雲の影が
追いかけてきて
逃げ足だけは
早いはずが
抜かされて

老年

八月の
光る山があって
丘のうえで
角が生えてきて
カモシカになって

草を食べて

Deep sea fish

深海魚のことをずっと考えてた
何を　どんなことを　などと
聞かれてしまうと
困るのだけれど

深い海の底に暮らして
光も届かないようなところで
まだ発見されていない魚もいるし
マリンスノーが降るなかをたたずむ一匹もあるし

僕と絶対に出くわすことのない
そんな生き方を選んでいる

知らないところで生まれて死んでいく
計り知れない夜を生きている生真面目な影たち

考えるほどに分からなくなるんだ
どうして深海を選んだのかな
なぜそこで全うして消えていく命なのかな
何を分かって欲しいのかな　深く

In my room

誰でも心のなかに
暗い部屋がある
いつもドアを閉め切っていて
どこか　じめじめとした一室だ

そのなかで　ずっと
遊んでいる子どもの影がある
それは幼いわたしだ
ドアをノックしても返事がない

つい忘れてしまうような
閉ざされた室内であり

窓は一つもない
時間が止まったまま

だけど　悲しくてたまらない時や
どうしようもなく　孤独にかられた瞬間
気持ちのどこかで　そこがあると思って
安心する　ああ　もう　この時

すでに　閉じ込められているのだ

juice

夏の終わりに　野菜ジュースを作ることにして
レシピなどは無視して　家にあるものをあれこれ
ニンジン　セロリ　トマト　コマツナ　ブロッコリー
ジューサーへ　次々に　放り込まれていって

レモンを　ひと垂らし
風の音が強くなった気がして　窓を眺める
すぐさま　竜巻のようなものが　迫ってきて
冷たくするために　氷の粒を入れて

たちまちに　ヒョウが　ガラスを叩きつけて
あらゆるものが　混ざり合えばいいのさ

青い空の寂しさと残酷さが　グルグル
悲しくかき回されている気がして

やがて

よく磨かれたコップを
なみなみと満たしていく
薔薇色の気配
慌てて天を見上げると

大きな唇と
口の中と
のどぼとけ

ああ

入道雲を入れるのを忘れていて

Bee

ミツバチを飼っている男が
親し気に僕の隣に座って
いつまでも止めないのだ
ハチの話ばかりだ

仕事は楽しいの
それとも辛いことなのですか
たずねるとすこし
冷酷な顔になって

そんなありきたりのことじゃない
空や　雲や　雨や　花には

魂がある　それを
わたしたちは頂いているんだよ
じいっと顔をのぞかれて
瞳の中にはるかなる海が見えて
星と天使のはしごへ
かなたへ誘われて
はちみつが寄せては
返してきて

Fashion

さて　何を着ていこうか
本日も　洋服ダンスの前にたたずむ
春にしようか　夏にしようか
秋雨にしようか　冬至にしようか

花嵐にしようか　夏の球場にしようか
コスモスの花影にしようか　猛吹雪にしようか
手を伸ばしてみるけれど　なかなか決まらない
それぞれに吊り下げられた　季節と風景がある

セーターにしようか　半そでにしようか
カーディガンにしようか　シルクのシャツにしようか

帽子は　ハンチングにしようか　あれこれ
考えているうちに　幾星霜が過ぎていく

ぶら下がっている
衣服だけが
こちらを見つめて
処刑された

かのように

手と足をぶらぶらさせて

clock

書斎なのだけれど
壁掛けの丸い時計があって
いつもそれを見つめているから
良く分かる

夜中にこれを
交換している男がある
私が仕事を終えて
すっかり　寝入ってしまってから

姿も形も同じ一個を
こつこつとかけ替えている

しっかり戸締りをしても　忍びこみ
あざやかにやり終えて　帰っていく

気味が悪くて仕方がない
夜の深さが恐ろしい
そして　それは冷酷な丸顔で
時を刻んでいる

長針と
短針が
追いかけ
回している

LIFE

私は生きていたのだ　良く知らないところで
名前も違うし　姿形も　人柄も異なる
ただ一つ分かることは　これまで
それなりの人生を送ってきたのだということ

何を　どう考えて　その人物の
暮らしをしているのか　もうしばらく
観察をしつづける必要があるだろう　私が私に
感付かれないようにするのは　はなはだ奇妙だが

やがて

その私なるものに　きちんと
自分であることを　教え込まなくてはならない
私が　私であるために
どうしても　必要なことを

私はいま　たくさんの人々の間で

押し合い　へし合い　さなか　それでも
自分を　見失わずに　生きてきた　本当の私は
こんなに歯ぎしりし　心配しているのに

だのに　あの私は

こちらを気づくとも　見るともなしで

Mother bear

小さな熊の影があって
いつも僕の後ろで遊んでいる気がして
ふだんはあまり気にかけないのだけど
時折に　心配している母熊の

息づかいが聞こえる気がして
どうしたら良いのか
分らないこともある
新宿の交差点で信号待ちしていて

こだまする猟銃の音や
トンビの風を切って飛ぶ気配や

いろんな虫の声も聞こえてきて
森の奥の鹿の鳴き声も

可愛らしくおどけている
せわしのない子どもの足音を
人混みのなかで
ふと　探り当ててしまう

荒々しく

背中へと

近づいてくる

獣の母がある

iceberg

静かに
氷山の　崩れる音がする

極北を流れる　冷たい川だ
子ぐまが　渡ろうとしているが

恐くて　出来ないのだ
先に渡っている　母ぐまが子どもを呼ぶ

泳いで戻ってきて　小さな顔を
べろべろ　嘗めて　励ましている

凄い勢いで　また　母は
渡っていって　対岸で叫ぶ

気まぐれな天気は　嵐を誘うだろう

氷河を

渡れなかった　いくつもの
子ぐまの死体が流れていくのが見える

その子はようやく　岸辺にたどりついた
しかし　その先の風景に
もっと　大きな流れが待っている

また

大きな舌が
はるか
やって来るしかない

そして命ずる

風のように

sorrow

やあ

悲しみが
やって来て
あれこれと
話しかけてきて
「まいったな
黙って
いたいんだけれど」
でも
さびしいよりは
いいか

しばらくすると
じゃあ
と
また

さっと行ってしまった

何だか
そのまま
とほうもない
星に
投げ出されてしまって

Summer

赤信号を
見つめていると
寂しさがこみあがり
半分に切られてしまった
桃のような気持ちで
たたずんでいると

しだいに
青信号になって
ああ
忘れていたものがあった
静かな
入道雲の
底無しに甘くて
酸っぱい味を

Sunny weather

晴れた日
絶望と一緒に
断崖
絶壁へ行った

「絶望」と
「絶壁」って似ている

そう思いながら
このままに
飛び込んだらどうなるのか
「絶望」の影と熱く語り合った

日が陰ってきた
話し疲れてしまった
帰ろうか
崖の底から
声が聞こえる

おい
お前ら
何しに来たんだ
ただのおしゃべりか

一日

雲と雲の影が
競い合うように

していた
光の子が
跳ねていた

The dog barks

日が沈む
首輪をつけた
犬が
僕の後ろを
いつもの様に
ついてきて

しばらくして
追い越して
ずんずん先へ
おい
と小さく一言

知らんぷりしているから
おいおい
と
怒鳴ると

「うるさい犬だなあ」
前を歩く
新しい僕が
振り向いた

もはや
嫌われたくないから
四つ足で
追いかけることにした

一本の道があって

誰でも
心のなかに
それがあって

そこを
歩きながら
あまりにも
暗くて
やがて
電信柱に
灯りが
ぽつんと
点いて

誰でも
心のなかで
それが
待っていて
立ち尽くしていて

Unknowingly

にわか雨が
乗りこんできて
隣の席に座った

どこの駅まで
一緒に乗るのだろう
涙が止まらないのだ

知らないうちに
知らない街で暮らして
知らないうちに
知らない誰かになって

知らないうちに
知ってほしくて
知らないうちに
忘れられてしまいそうで

電車に揺られて
たった
二人
やがて
ぽつりとした
雨となり
次の駅で
降りた
とたんに

空は晴れわたり

雲は光って
ほおが乾いてきて
急に

一人ぼっち

になって

でもまた
次の駅で
飛び込むように
乗車してくる

upright

ペンギンが並んで立っています
南極に近い島があって
そこでは無数にこの鳥が
直立しています

それぞれに卵を温めています
だいたい　五十五日の間
夫婦で　交代で
ぬくもりを与えつづけています

島の海岸に
およそ一メートル四方ぐらいのスペースに

飲まず食わずに不動のまま
冷たい風と波と空と星にさらされて

そして　伝えたいのです
波打ち際と反対の方角に山があります
そこに朝日が当たり　赤々と照り映えて
驚くほどに美しい　極寒の未明の色彩に

目もくれず

ペンギンの全てが

立ち続けているという事実を

With your mouth open

心のなかに
ツバメの巣があります
ゆうゆうと
親鳥が
青い空を泳いで

口を開けて
ヒナは
おしゃべりを
つづけます

「　はやく

銀の魚に
なりたい

「じゃ
ぼくは
金色に

いっせいに語り始めて
誰も相手の話を聞こうとはしない
鳥の巣で口を開けたまま

それを見つめて
シジュウカラは

青空から
放り投げられて

かりそめに

枝のどこかに
燃えるようにして
止まり

Absolutely

ある日　飼っていた
雲に逃げられてしまった
とても大事に育ててきた
つもりだったのだけれど

ふとした一瞬に　逃げ出されてしまって
僕の部屋は　空っぽのままに

ある日　手の届かないところへ
浮かんだまま　知らないふりで
僕のことなど

すっかり忘れたというばかりに
強く手を噛まれてしまった気持ちになった

これまでの歳月を
雲散霧消することに

もはや赤の他人だ
勝手に大空で
暮らすがいい

ある日　曇り空だった
窓をけたたましく
叩いてくる者があった
僕は家を閉め切った

侵入を拒否した

断固　絶対

そうして

知らない顔になった

あきらめたらしい

陽がさしてきた

Apple

ツイてないことばかり
幸福を呼び寄せるために
まずは　リンゴを剥くことにして
くるくる　ナイフの先で回し始めて

きみは隣で　トマトサンドを頬張って
テレビのサッカーの勝敗を占っている
あのチームが　勝つに決まっているさ
ああ　二人の運命に捧げようか

四等分　そのうちの一つを

天の光がさしこむ　窓辺に飾って
甘い匂いが　たちこめてきて
切ったばかりの　輝くかけらたちに
かじりつき　気がつくのだ

この味は
僕らが
生まれる前から
決まっていた

Bird

そう言えば　私は
ずっと小鳥であった
そうだった
確かに　短い空しか

知らないまま
精一杯に羽ばたいて
ほんのわずかを
生きてきた

どんなに願っても
大きな鳥には

なれなかった
大空を飛べなかった

でも　この胸に今も
しまい込むようにして
飛ばしつづけている
小さな

　風があって

Black

闇がやって来る
ひたひたと静かに
足音をたてずに
ああ　危ないところだった

目覚めて　あまりの暗さに
息をのむ
そして深呼吸をする
さらに夜は深くなる

どうして　こんなに黒いのか
とてつもない心持ちになる

逃げ場のない　色彩に包まれて
底無しへ　秘密へ　暗黒へ

眠れるわけがないじゃないか
こんなにも　深まっていく残酷な暗さ
光が許されない　寝室で
震えながら　目をつむるしかない

まぶたの裏側で
助けを
待っているのだ
そして

凄く眠たい

Coffee

あなたの
いれてくれた
ブラックコーヒーが
わたしに
底無しの苦みと
わずかな甘みを
教えてくれる
黒くて
鋭くて
深い
闇
でも

一口ごとに

風や
光や
雨や
虹が
ふと
コーヒーカップに
入り込んで
しまって
唇をつけると
遅れる
ようにして

その
味わいが

やってくる

少しの
夜明けが
舌のどこかで

Box

箱の中で　整列したリンゴが　匂いを放つ
わたしたちは目配せする
どの一個から　食べはじめることにしようか
どれも　光沢が誘ってきて

指先で　感触を確かめると
弾むボールが　投げ返されてくるかのようで
若々しくもぎとられたばかりの
果実は　見事に　赤く染められて

ああ　風だ　水も　雲も
丸々とした姿になって　並んでいる

青々とした　木々のそよぎも
好天の日の　鳥の影も

このとき　ナイフが野蛮に光ろうとする
わたしたちの知らない　はるか　かなたから
急いで飛んできて　手のひらへ
果肉の血しぶきを　真っ先に浴びたくて

Invitation

夕焼けに染まって
テーブルのうえ　果物は
もぎとられたばかりの匂いを
豊かに放ち　その内側で

憧れを　実らせて　糖分を満たして
もっと　広い世界を知りたい
その先で待っているものは
果てしのない何かなのだ

熟した一個は　駆けだしたいのだ
そうして道に迷い　足踏みして

仕方なく　ここへ　戻ってきたばかり
いや　さっきから

ただ　置かれているだけだ

夜更けには　手に取って
するする　剥きはじめると
甘いため息が
届けられるだろう

誘われているのだ

何もかも捨てて

わたしと旅の空へ

Little child

夕暮れに　コップ一杯の水を飲み干して
机のうえで　ノートに　詩を書きだそうとすると
スタンドの灯りのもと　小さな子どもの影だ
野球帽を被って　グローブを　片手に

気づかないほどの　大きさだ
わたしに話しかけている
何を言っているのか　さっぱり分からない
手を振ったり　おどけてみたり　忙しそうだ

これは　幼いころのわたしである
どうして　こちらを見あげてるのか

このわたしは　よりいっそう　楽しそうだ
おしゃべりを　止めようとしない

そのうちに　夕飯の支度を
終えた母が　この子を　迎えに来るだろう
少しでも　伝えたいことが　分かれば
ここに　書き留められる　かもしれないのに

そうして　このグラスは
空っぽだが
もう一度　何かを
飲み干せるかもしれないのに

Me

いったい
わたしは
わたしと
少しでも
仲良くなりたい

わたしは
わたしに
笑ってくれない
許してくれない
話してくれない

だからまずは
少しでも
ほほえむ練習を
一緒にしてみたい
勇気を出して

誘ってみると
わたしは
わたしに
ほんの少しだけ
優しい

目くばせを

Silence

青く澄んだ空の雲に
誘われるがまま　歩く
人々の行列がある

街の雑踏で
母が子どもを抱きあげるとき
長い時間のさきで
魚を釣り上げるとき
夜明けを待って
ランニングを始めるとき
話し合いが行き詰まり
ふと黙りこむとき

誰にも合わずに
孤独に息を引き取るとき
夕食が出来上がり
湯気がたちこめるとき
後ろから
兵士が突然に撃たれるとき
男と女が
木もれ陽に笑い合うとき
ジャズのレコードに
そっと針がおろされるとき
真冬の日本海が
がばりと波浪するとき

これら群衆の
野蛮な
耳がとらえるのは

沈黙そのものである

＊

雲が　わたしたちを誘う
野原で　川のせせらぎや
鹿の鳴き声や　聞こえないふりをして
宇宙のなかで　そして
冷たく　裏切ろうとする

わたしたちを　それぞれ孤独にする
あてもなく見あげて
どこへ続く道なのか　分からなくなる
わたしたちは
わたしたちであったのだろうか

ただ歩きつづけていく
弱々しく
押し黙るしかない人たちは
しだいに　姿形が
すっかり　消えていって

雲間の小さな光に
教えられるだけなのだ

たったいま
誰かの
懐にあったことを
わたしたちは

まだ
風のまま

だったことを

ずっと
風であることを

Oil

わたしへの
悪口のようなものが
聞こえてくる　終わらない
不快だ　じつに

面白くない夜である
わたしが　わたしを責めている
約束が違うのではないか　と
少年や青年の頃のわたしが　しきりに

今のわたしに　文句をぶつけている
別のなじる声も　飛び込んでくる

さらに年老いた　わたしである
負けるもんか　言い争いになって

自分と
自分たちは
ののしり　存在を
むさぼり合う

老いるとは
こういうことなのか
寂しくも
にぎやかである

After

胸のなかの　ランタンに
火を点ける　ようにして
わたしたちは　夜更けに集まる
何もない　暗闇からやってきて

かすかな光を持ち寄って
ひとしきり　語り合う
輪になって　そして
灯が　消える前に

ふと　居なくなる者がある
するとまた別の人が　現れて

その空席に　腰をかける
大粒の涙をこぼした後の　気持ちになって

また　みんなで静かに　語り合う
ああ　わたしもやがて　消えていくのだろう
隣の誰かが　わたしに
小さな灯りを見せる　ほら

この光　揺れているだろう
これは　かなり前に　きみが
くれた　何気ない　言葉なのだ
それがいま　ここで

ここ

Road

何億もの夜があり　いろんな朝があり
急な坂道の電灯と　海辺のたき火と
クラフトビールと　ブラックコーヒーと
風の音に耳を澄ます人と　空を見あげる群衆と

ゆるし合う人々と　冷たい心のままの男女と
星を数える青年と　夜明けに祈る幼ない子どもと
夜更けから　道路の工事をし続けている彼と
辞書を片手に　フレーズの翻訳をしあぐねた彼女と

どの国にも　街にも　靴を作り続ける職人がある
こつこつと　丹念に　機微にこだわる

足の形　指　その裏　かかと　一つ一つの細部を想像し
踏みしめていく土の風景を　まぶたへ浮かべて

この一足に　ふさわしい　持ち主が
今日も　人生を　確かに　生きていることが分かる
昼そして夜も忘れて　作業に没頭して　出来上がる
窓の景色が明るむ頃に気づく　しかし　永遠に完成しない

Shoes

靴を
新しくして
みただけで
歩き方が違う
いつもの道を
変えてみたくなる
まばたきの仕方や
ちょっとした話し方や
ふとした笑い方も

ああ　毎日を
履きならして

しまっては
いけないのだ

足を入れて
歩き出して
やっと
魂の
サイズをはかることが
出来た気がする
真っすぐな
通りに立ち並ぶ
ふぞろいな
春の木々に
葉のさやぎに
知ろう
つま先の

かけがえのない
ゆくえを

Single

チェックアウトの　時間が迫る
カバンに　荷物を詰め込んで
忘れ物がないか　見回してみて
洗面所の周りや　バスタオルを整理して

ヘアドライヤーのコードもしっかり　まとめて
枕もきちんと　所定の位置へ戻して
シーツも布団も　きちんと整えて
冷蔵庫の扉を開き　何も残っていないことを確認して

さて　窓を閉めようと思う
車の行き交う音や　街路樹の葉の揺れ

人々の足音と声が　静かに聞こえてきて
町の空はとても青い　深呼吸をひとつだけ

時間は　残り五分しかない　急いで
ドアを開ける前に　はたと気がついて振り向く
ああ　このシングルルームの全ては　私だ
まだ　もう少し　かろうじて

Somewhere

怒りが
次々に湧いてくるので
あたかも
噴火口を
さまよっているみたいで

眠れないのだ
気持ちが赤一色に
燃えさかってしまって
あなたを責める言葉を
手の中のケータイに

メールへ
書こうとしては
消して

小さな雲が
ふと　迷い込む
わたしの気持ちの
どこかで泣きはじめた
ああ　だから
雨が降り出してきた
まずは
心のどこかで傘をさがそう

そして
火の粉と
灰と
水の夜を明かそう

Spring

雲がある日
わたしの部屋へ逃げ込んできた
クローゼットにかくまうことにして
それから快晴の日々となった

服を選ぼうとして　その扉を開くと
おびえた顔でぶるぶると　いつも震えている
ここなら　大丈夫だよ　なぐさめて
少しほっとした顔をしたので　パタンと閉じて

町のみんなは空を見あげて
それにしても毎日　良い天気ですねえとほほ笑む

そうですねえ　わたしは相槌を打つ
知らないんだ　笑いがこみあがる

それにしても

何が恐ろしいのだろうか　雲は
どうしてあんなに逃げているんだろう
確かに恐怖を覚えるほどの美しい青空だ
明日も春色のジャケットに袖を通すこととしよう

Voice

夕暮れのバスタブで
静かすぎることに気づいた
このような静寂は
感じたことが無かった

音があるのに　無い
宙に浮かんでいる
まるで生まれる前の
無の感覚に似ていて

しばらくすると
聞きなれた声だ

「静かすぎるぐらいだ」
そうして　さらに続くのだ
「そうだとは思わないか」
自分が　自分に
話しかけられているのだ
汗があふれてきた

せっかくの
夕方だ
せめて
静かにしてほしい

Tour

ひとまず歩くことにした
果てしのない旅になりそうだ
行き場のない何かを胸にしまいこみ
足を動かしつづけて

どこを目指しているのか
昔から良く知っている気がする
向かおうとする　その先に
水の膨大さを感じていて

どこへ　そして　どうして
今はまだ　伝えられない　ただ

それを　目指してきたとしか言えない
はかり知れなさと出会ってみたい

この眼で　そして靴底で　確かめてみたい
大いなる道のり　そのものを　命の意味を
運命の全てを　バックパックに詰め込んで
人生を賭けてみたい　一度ぐらい

さて今夜も

コンビニで
ミネラルウォーターを買い
アパートへ
帰るだけの一日だけれど

salad

食卓にサラダボウルが
小気味よく置かれるとき
静かに野菜が
テーブルに立っている

清潔に涼しく　皿やグラスの音も
鋭く　響きわたるとき
これらは　魂のリズムとなり
まずは　サラダを味わうしかあるまい

フォークの
４本の歯が光り

それぞれの野菜が心のなかを
緑色や水色や黄色に染めている

派手な色合いのドレッシングが
ふりかけられて
豪華な色合いの一日が
サラダボウルのなかで

フォークでつつかれたり
持ちあげたりされて
静寂のトーストにかじりつき
騒々しいスウプを

血のオレンジジュースを
革命のヨーグルトを

nuts

カシューナッツがどうしてこの形をしているのか
分からなくなることがある
食べるより他ならなくなる
世の中の疑問が集まっている

宇宙はどこまで広がるのか
死はどのように私を消滅させていくのか
あの人はどうして笑ってくれないのか
新しいシャツを買いたいが　どんな襟の形がいいのか

ナッツを一つだけつまむとその内側から声がする
良く聞き取れないのだが

くわしい説明がつづいている　なるほど
必死になって答えを語りだそうとしているのか

電車の過ぎる音だったり　犬の鳴き声だったり
家族が観ているテレビの音声だったり　に　それらはかき消される
何を　解明しようと思っているのだろうか
指がとらえた　塩だらけの　白く燃えるような肌の一個は

ねじれたくて仕方がない
だから　こちらはかじるしかない

grass

ああ　早くも　季節だ

靴の底に　芽吹こうとする
草や木の気配がある
それを　踏みつけながら
冬の野原を歩くとき

まだ　春めくのは早い
もう少し　静かにしていたまえ
そのように　私は命令しながら
寒風にさらされて

空のかなたに　誘われるとき

凍てついた枝先が　風に揺れて
それがタクトとなり
小さな前奏のようなもの　そして
ささやかな声が　即興の調べにのろうとして

待て　まだ早い　そう簡単に

芽生えてはならない　生きるとは
大変なことだ　尊いことだ　死と隣り合わせだ
ちょっとした気分で　姿を
現されては　困るというものだ

青空の零度に
広がる原野

凍れる土を踏みしめ
わたしの靴は　ちょっとだけ
踊りだそうとしている

待て

dawn

チャイムが鳴る
夜明けの光が人間の姿をして
訪ねてきた
ドアを開けると

風や　鳥や　虹や　草木が
手足を動かすようにして
丘のうえの家々や　隣家の庭先を
歩き回っているのが　その人の肩越しに

明るさは増すばかり
うつむいて　ご用件はとたずねると

不思議な顔をして
こちらをじっと見つめて

何をいまさら
毎朝のことではありませんか
たとえ　あなたがこの世を去った
その日も　わたしたちは　何も変わらずに

この地上に

Come on, poetry

僕のなかの
子どもは
さびしい
泣いてばかり
すこしでも
笑ってほしくて
話しかけるのだけれど
なぜなのか
僕は　つめたい
大人の口調に
なってばかり
自分すらも

なぐさめられない
こんなことだから
誰も

＊

傘をさしたまま
一人ぼっち
水たまりを
眺める
そんな
黒茶色の
小さな影が
スタンドの
弱々しい

灯りのした
ノートを
ひろげた
机のうえ
ランドセルを背負って
立ち尽くして
見あげて
つぶやく

さあ
詩を

あとがき

阿武隈川が流れている。

幼い頃からそれを眺めて、橋を渡り、暮らしてきた。

生きるとはそれを越えること。そんなふうに思ってきた。


かならず向こう岸という未来がある、と。


たくさんの歳月の水を越えて、詩集『LIFE』にたどりついた気がする。

「すべての人にむけて丁寧につむがれた未来への詩。」という本詩集の帯文の案を編集部からいただいた折に、いささか照れてしまった。「丁寧」というキーワードは、私という人間の心の成分表のどこにも見当たらないと自覚しているからだ。しかし、そういえば、と思い浮かべてみる。

詩を書き始めた頃に、数篇を書き上げるとその原稿をコピーして、きちんと折ったり、ホチキスでとめてみたりして……、手づくりの雑誌をわずかに作って、友人や知り合いに熱心に配っていたことがあった。
もともと不器用を絵に描いたような人間なのだが、文字のレイアウトや表紙のデザインや誌面の構成などもかなり凝ってみて、時間と労力をかけて手で作業していた。そこには私なりの「丁寧」さが確かにあった。
誰かに少しでも読んで欲しい、その一心だった。
懸命なる願いは、それから三十数年が経った今も、変わらない。

どこまでも細部にこだわった手作業の時間を、本詩集の原稿をまとめながら、なぜだかとても懐かしく、鮮明に思い出している。一枚ずつ紙を折るようにして……という、静かで濃密な向き合い方を、今回の作品の一つ一つにあらためて教えてもらった気がしているからだ。そして。

言葉には、見えない橋があることを。

その向こうには命がある、暮らしがある、灯りがある、詩を真ん中にして私たちは共に、渡りたい、分かち合いたい。大きな水を眺めながら、流れるものを、人生を、生死を、ほとばしりを、運命を。つむぐようにして、架けていきたい。

著者　和合亮一（わごう・りょういち）

1968年福島県生まれ。詩人。1998年、詩集『AFTER』にて中原中也賞を受賞。東日本大震災では福島の状況を伝えつづけ、のちに『詩ノ黙礼』、『詩の礫』、『詩の邂逅』として刊行される。詩集『詩の礫』は海外でも高く評価され、第1回ニュンク・レビュー・ポエトリー賞を受賞。2018年には詩集『QQQ』にて萩原朔太郎賞を受賞。合唱曲の作詞、演劇、オペラ、ラジオドラマの台本を手掛けるなど、幅広く活躍している。詩集に『Transit』など多数。

LIFE

2024年11月 1 日　第1刷印刷
2024年11月15日　第1刷発行

著者――和合亮一

発行人――清水一人
発行所――青土社

〒101-0051　東京都千代田区神田神保町1-29　市瀬ビル
［電話］03-3291-9831（編集）　03-3294-7829（営業）
［振替］00190-7-192955

印刷・製本――シナノ印刷

装幀――宮本武典＋樋口舞子

装画――諏訪敦《東と西》2015年 32.5×45.3cm キャンバスに油彩

ISBN978-4-7917-7679-5